COLLECTION PRIVÉE

DE

Feu M. EUGÈNE LEFEBVRE

(PREMIÈRE VENTE)

OBJETS DE VITRINE

ET

D'AMEUBLEMENT

CATALOGUE

DES

OBJETS DE VITRINE

ET

D'AMEUBLEMENT

PORCELAINES DE SÈVRES, PATE TENDRE, ET D'ALLEMAGNE

Boîtes — Étuis — Éventails

MEUBLES — TAPISSERIES

DÉPENDANT DE LA COLLECTION PRIVÉE

De feu M. Eugène LEFEBVRE

(PREMIÈRE VENTE)

ET DONT LA VENTE AURA LIEU, A PARIS

HOTEL DROUOT, SALLE N° 7

Les Vendredi 22 et Samedi 23 Novembre 1907

à deux heures

COMMISSAIRES-PRISEURS

M* F. LAIR-DUBREUIL

6, rue Favart

PARIS

M* HENRI BERNIER

ADMINISTRATEUR

De l'étude de feu M* P. CHEVALLIER

10, rue Grange-Batelière

EXPERTS

MM. MANNHEIM, 7, rue Saint-Georges

EXPOSITION PUBLIQUE

Le Jeudi 21 Novembre 1907, de 1 h. 1/2 à 5 h. 1/2

CONDITIONS DE LA VENTE

Elle sera faite *au comptant.*

Les adjudicataires paieront *dix pour cent* en sus des
enchères.

ORDRE DES VACATIONS

Le Vendredi 22 Novembre 1907

Le Samedi 23 Novembre 1907

Imprimerie de l'Art, Ch. Berger et Cⁱᵉ, 41, rue de la Victoire. — Paris.

DÉSIGNATION

FAIENCES

1 — Vase à anses-bustes de satyres, en ancienne faïence italienne.

2 — Petit présentoir, fleurs. Ancienne faïence de Strasbourg.

3 — Deux assiettes en ancienne faïence de Lorraine, décor de rubans.

4 — Tasse à deux anses, avec couvercle et présentoir, décor doré. Ancienne faïence de Lorraine.

5 — Jardinière, décor d'oiseaux. Ancienne faïence de Lorraine.

6 — Écritoire, formée d'une ménagère, en ancienne faïence de Rouen, à décor de style chinois. Monture en argent doré.

7 — Cuillère, décor de fleurettes. Ancienne faïence française.

PORCELAINES ALLEMANDES

8 — Soucoupe, paysage. Ancienne porcelaine de Saxe.

9 — Tasse, fleurs et imbrications. Même porcelaine.

10 — Sucrier avec couvercle, insectes. Ancienne porcelaine de Saxe.

11 — Écuelle et plateau, fleurs et imbrications bleues. Ancienne porcelaine de Saxe.

12 — Flacon à thé, orné d'insectes, en ancienne porcelaine de Saxe.

13 — Tasse avec présentoir, à galerie, en ancienne porcelaine de Saxe : Scène galante et insectes.

14 — Soucoupe, fleurs et insectes. Ancienne porcelaine de Saxe.

15 — Pendule et deux flambeaux en bronze doré, à rocailles, ornés d'un éléphant et de deux figurines d'enfants en ancienne porcelaine de Saxe.

16 — Statuette du roi Midas en ancienne porcelaine de Saxe.

17 — Figurine de Mercure en ancienne porcelaine de Saxe.

18 — Figurine d'adolescent debout, tenant son cha-
peau. Même porcelaine.

19 — Statuette d'adolescent debout en culotte verte.
Même porcelaine.

20 — Deux figurines en ancienne porcelaine de
Saxe : L'Automne et l'Hiver.

21 — Figurine en ancienne porcelaine de Saxe :
Amour assis.

22 — Petit groupe, composé de deux enfants. Même
porcelaine.

23 — Cafetière, fleurs, en ancienne porcelaine de
Saxe.

24 — Tasse et soucoupe, médaillons et imbrications. Ancienne porcelaine de Saxe-Marcolini.

25 — Tasse et soucoupe, Chinois. Ancienne porcelaine de Saxe.

26 — Tasse et soucoupe, fleurs. Ancienne porcelaine de Furstenberg.

27 — Théière, décorée de fleurs. Ancienne porcelaine de Nymphenbourg.

28 — Deux assiettes, décorées de paysages. Ancienne porcelaine de Frankenthal.

29 — Autre, décor de fleurs. Même porcelaine.

30 — Légumier avec couvercle, fleurs. Ancienne
porcelaine de Frankenthal.

31 — Présentoir , fleurs. Ancienne porcelaine de Frankenthal.

32 — Six tasses avec soucoupes, fleurs. Ancienne porcelaine de Frankenthal.

33 — Tasse et soucoupe, fleurs. Ancienne porcelaine de Louisbourg.

34 — Tasse et soucoupe, paysage. Ancienne porcelaine de Louisbourg.

35 — Tasse et soucoupe, paysage trompe-l'œil, sur fond simulant le bois. Ancienne porcelaine de Frankenthal.

36 — Pot à crème avec couvercle, fleurs. Ancienne porcelaine de Vienne.

37 — Boite, forme brebis couchée, en porcelaine allemande.

PORCELAINES FRANÇAISES
PORCELAINES VARIÉES

38 — Assiette creuse, fleurs en bleu. Ancienne porcelaine tendre de Vincennes.

39 — Tasse avec soucoupe en ancienne porcelaine dure de Sèvres, fleurettes et rinceaux.

40 — Beurrier avec couvercle, fleurs. Ancienne porcelaine tendre de Sèvres.

11 — Tasse et soucoupe, guirlandes de feuilles de laurier et filets roses. Ancienne porcelaine tendre de Sèvres.

12 — Tasse et soucoupe, fleurs. Ancienne porcelaine tendre de Sèvres.

13 — Tasse et soucoupe, fleurs et filets bleus. Ancienne porcelaine tendre de Sèvres.

14 — Plateau, fleurs et filets bleus. Ancienne porcelaine tendre de Sèvres.

15 — Sucrier rond avec couvercle, fleurs. Ancienne porcelaine tendre de Sèvres.

16 — Sucrier sur plateau fixe et avec couvercle, fleurs et filets bleus. Ancienne porcelaine tendre de Sèvres.

17 — Sucrier rond, guirlandes de fleurs et rubans bleus. Ancienne porcelaine tendre de Sèvres.

48 — Théière avec couvercle, fleurs. Ancienne porcelaine tendre de Sèvres.

49 — Pot à lait, fleurs. Même porcelaine.

50 — Tasse et soucoupe, fleurs et imbrications. Ancienne porcelaine tendre de Sèvres.

51 — Tasse et soucoupe, fleurs en camaïeu bleu. Ancienne porcelaine tendre de Sèvres.

52 — Deux petits vases obconiques, fleurs sur fond à œils de perdrix bleu-turquoise. Ancienne porcelaine tendre de Sèvres. Montures en argent doré.

53 — Tasse droite avec soucoupe, décor bleu et or. Ancienne porcelaine tendre de Sèvres.

54 — Plateau triangulaire, fleurs et filets bleus. Ancienne porcelaine tendre de Sèvres.

55 — Théière et sucrier avec couvercles, fleurs, Ancienne porcelaine tendre de Sèvres.

56 — Soucoupe, fleurs, en ancienne porcelaine tendre de Sèvres, avec tasse assortie en pâte dure.

57 — Théière avec couvercle, tasse et soucoupe, filets bleus et oiseaux. Ancienne porcelaine tendre de Sèvres.

58 — Tasse et soucoupe, fleurs. Ancienne porcelaine tendre de Sèvres.

59 — Petite tasse droite et soucoupe, fleurs. Ancienne porcelaine tendre de Sèvres.

60 — Petite tasse droite, paysages, fond bleu marbré. Ancienne porcelaine tendre de Sèvres.

61 — Sucrier ovale, fleurs et filets bleus. Ancienne porcelaine tendre de Sèvres. Couvercle en argent doré.

62 — Tasse et soucoupe, fleurs, fond blanc. Ancienne porcelaine tendre de Sèvres. Époque de la République.

63 — Tasse et soucoupe, décor marbré. Ancienne porcelaine dure de Sèvres.

61 64 — Tasse et soucoupe, fond rouge. Même porcelaine.

18 65 — Gobelet en ancienne porcelaine tendre blanche de Saint-Cloud.

85
Pannheim... 66 — Deux pots à crème avec couvercles, fleurs. Ancienne porcelaine tendre de Mennecy.

20
Pannheim 67 — Deux autres.

91
Bondille. 68 — Trois tasses avec soucoupes, fleurs. Ancienne porcelaine tendre de Mannecy.

252
Roseneau 69 — Sucrier avec couvercle et plateau, décor de fleurs. Ancienne porcelaine tendre de Mennecy.

180 70 — Moutardier sur plateau fixe avec couvercle, fleurs. Ancienne porcelaine tendre de Bourg-la-Reine.

20 71 — Théière, décor bleu, fond côtelé. Ancienne porcelaine tendre d'Arras.

8 72 — Tasse et soucoupe, décor bleu. Ancienne porcelaine tendre d'Arras.

24 73 — Théière, fleurs. Ancienne porcelaine de Niederviller.

40 74 — Moutardier, fleurs. Ancienne porcelaine de Lille.

50 75 — Petit broc, décor de barbeaux, en ancienne porcelaine de Lille.

2

14

76 — Tasse et soucoupe, fleurs et rubans, en porcelaine de Nast.

16

77 — Ecuelle et présentoir, décor doré. Ancienne porcelaine dure française.

15

78 — Théière, décor de médaillons d'oiseaux, en ancienne porcelaine dure française.

4

79 — Théière en ancienne porcelaine dure, décor de fleurs.

80 — Autre analogue.

15

81 — Tasse et soucoupe, fleurs et guirlandes. Ancienne porcelaine dure française.

82 — Autre, même porcelaine, vase de fleurs et lambrequins.

12

83 — Tasse et soucoupe, fleurettes et médaillons. Ancienne porcelaine de Locré.

84 — Tasse droite et soucoupe, rinceaux en noir et or. Ancienne porcelaine dure française.

52

85 — Deux tasses et soucoupes, réserves, fonds jaunes. Ancienne porcelaine dure française.

15

86 — Autre, réserves. Fond marron.

87 — Autre, réserves sur fond clair. Porcelaine de Paris, fabrique de Révil.

10

88 — Pot à eau et bassin en porcelaine dure, du temps de l'Empire, décor noir et or, paysages et rinceaux.

16   89 — Tasse et soucoupe, feuillages, fond rouge. Porcelaine. Époque Restauration.

32   90 — Autre, feuillages et étoiles.

91 — Grande tasse et soucoupe, scène de chasse. Porcelaine dure. Époque Restauration.

16   92 — Sucrier avec couvercle, fleurs. Porcelaine. Époque Restauration.

93 — Tasse et soucoupe, draperies. Porcelaine dure du temps de la Restauration.

18   94 — Autre, fleurs et lambrequins.

22   95 — Petite écuelle avec couvercle et présentoir en porcelaine, décor de fleurs. Époque Restauration.

96 — Tasse et soucoupe, paysage. Porcelaine dure française.

22   97 — Tasse et soucoupe ornées de roses. Porcelaine dure française.

14   98 — Tasse et soucoupe, paysages avec entrelacs dorés. Porcelaine dure française.

32   99 — Deux salières, fleurs, en porcelaine dure.

75   100 — Candélabre électrique, formé d'un porte-fleur avec statuette en porcelaine.

15   101 — Théière ornée d'un monogramme. Ancienne porcelaine de la Compagnie des Indes.

102 — Moutardier, fleurs. Ancienne porcelaine de Chine.

103 — Tasse et soucoupe, arbustes. Porcelaine de Chine.

104 — Petite tasse et soucoupe, à personnages et imbrications. Même porcelaine.

105 — Pot à lait, fleurs et bandes bleues. Porcelaine de Tournai.

106 — Tasse, ornée d'un paysage trompe l'œil, en ancienne porcelaine italienne.

107 — Vase, draperies sur fond bleu et paysage en camaïeu rose. Ancienne porcelaine italienne, couvercle en argent doré.

108 — Tonnelet avec support, fleurs et paysage, en ancienne porcelaine italienne.

109 — Coupe décorée d'un oiseau. Ancienne porcelaine italienne.

110 — Boîte à épices, fleurs. Ancienne porcelaine de Vinovo.

111 — Bassin ovale, style japonais, en porcelaine anglaise.

112 — Pot de toilette avec couvercle en porcelaine tendre. Décor de couronnes de roses.

113 — Groupe en ancien biscuit, scène pastorale.

114 — Assiette en biscuit, décor de guirlandes de fleurs.

OBJETS DE VITRINE

19   115 — Navette en nacre gravée.

38   116 — Lorgnette, décor au vernis, sujet de chasse.

50   117 — Lorgnette. décor au vernis, jeux d'amours : monture en cuivre doré.

22   118 — Lorgnette, nacre et cuivre doré. Commencement du XIXe siècle.

19   119 — Lorgnette, forme tonnelet, en bois et cuivre.

22   120 — Lorgnette décorée au vernis et montée en cuivre. Commencement du XIXe siècle.

10   121 — Petite lorgnette-breloque, nacre et cuivre. Commencement du XIXe siècle.

74   122 — Montre en argent repercé, du temps de la Régence.

290   123 — Miniature rectangulaire, du XVIIIe siècle : Loth et ses filles. Dans un étui en marqueterie.

420   124 — Petit dessin, par Klingstoedt : Sujet galant.

125   125 — Petit dessin : Jeune femme et joueur de guitare. XVIIIe siècle.

55   126 — Petit dessin : Jeux d'amours.

29   127 — Petit vide-poche en ancien émail de Saxe : Paysages.

72 128 — Étui cylindrique, décoré de fleurs, en porcelaine d'Allemagne.

300 129 — Boîte, forme commode, en ancienne porcelaine tendre de Mennecy. Monture argent.

385 130 — Boîte en ancienne porcelaine de Saxe, décor de fleurs; au revers du couvercle, la Promenade dans le parc.

130 131 — Tabatière ovale, décorée au vernis; sur le couvercle, médaillon rond peint sur émail, portrait de femme en corsage bleu, draperie rouge, du XVIIᵉ siècle.

98 132 — Boîte ronde en fer doré : Amours forgerons. Époque Régence.

34 133 — Drageoir en écaille brune, posée argent : Le Char de Vénus. Époque Louis XV.

205 134 — Étui en agate rubannée, monture en or, à rocailles, du temps de Louis XV.

242 135 — Tabatière ovale en écaille brune, posée or, à entrelacs et imbrications; monture en or. Époque Louis XV.

410 136 — Tabatière ovale en pétrification; sur le couvercle, jeune bergère et rocailles en léger relief, avec pierreries; monture en or. Époque Louis XV.

275 137 — Tabatière à deux tabacs en écaille brune, posée or et burgautée. Époque Louis XV.

515

138 — Boîte ronde, décorée en noir au vernis et lamée d'or ; sur le couvercle, portrait d'homme en habit violet. Signé : *Valatte*. Époque Louis XV.

470

139 — Boîte ronde en or, de couleur gravé et ciselé, à pois et torsades. Époque Louis XVI.

190

140 — Boîte ronde, décorée au vernis de quadrillages ; sur le couvercle, automate chasseur. Époque Louis XVI.

200

141 — Boîte ronde en écaille blonde, posée or ; sur le couvercle, miniature, grisaille, allégorique à l'Amitié. Époque Louis XVI.

157

142 — Boîte ronde, décorée en rose au vernis ; sur le couvercle, jeux d'enfants, masqué partiellement par un disque mobile en nacre dorée. Époque Louis XVI.

600

143 — Boîte ronde Louis XVI en écaille blonde, lamée or ; sur le couvercle, miniature, portrait de femme en buste, en corsage blanc décolleté.

495

144 — Tabatière en or de couleur ciselé du temps de Louis XVI ; sur le couvercle, médaillon peint sur émail, à figure allégorique.

500

145 — Tabatière ovale en or de couleur, ciselé et gravé, ornée d'un médaillon contenant des fruits et des fleurs. Fin du XVIIIe siècle.

645

146 — Boîte oblongue en or de couleur, émaillé gris-perle ; bordure d'entrelacs. Époque Louis XVI.

147 — Étui-nécessaire Louis XVI, plaqué de nacre dorée, contenant divers ustensiles.

148 — Autre étui Louis XV en nacre dorée, contenant deux flacons.

149 — Étui porte-tablette en galuchat, décoré de deux médaillons en grisaille.

150 — Étui, contenant un porte-plume et un encrier, en écaille brune posée or. Époque Louis XVI.

151 — Étui en écaille brune posée or, à rinceaux. Époque Louis XV.

152 — Flacon-balustre en argent doré et niellé, à personnages, du xviiie siècle.

153 — Flacon-balustre en or de couleur repoussé et ciselé, à fleurs.

154 — Trois étuis variés en ivoire et os, du xviiie siècle.

155 — Boîte ronde en ivoire, à sujet symbolique sur le couvercle. Fin du xviiie siècle.

156 — Boîte oblongue en racine; sur le couvercle, camée agate de style antique; dans un double fond, miniature : Loth et ses filles, signée et datée : *1797*.

157 — Trois étuis à aiguilles en nacre, du commencement du xixe siècle.

792 158 — Boite plate en or émaillé : femme et deux amours, fond bleu. Travail de Genève. Commencement du xixe siècle.

200 159 — Boite ronde en poudre d'écaille jaspée; sur le couvercle, miniature : Portrait de femme, par Rousseau, du temps du Premier Empire.

226 160 — Boite ronde en poudre d'écaille marron posée or; sur le couvercle, miniature : Portrait de femme à mi-corps, vêtue de gris, du temps du Premier Empire.

245 161 — Boite plate en or gravé, à quadrillés et rinceaux. Epoque Restauration.

157 162 — Boite, forme livre, en or gravé, à rinceaux. Epoque Restauration.

1000 163 — Boite ronde en cristal, galonnée d'or de couleur; sur le couvercle, miniature : Portrait de femme, assise, en corsage rose. Au revers du couvercle : monogramme et inscription.

135 164 — Boite ronde, décorée au vernis; sur le couvercle : Vue de port de mer.

262 165 — Etui-nécessaire, décoré en rouge au vernis et contenant des ustensiles, avec sujet en grisaille sur l'un des côtés.

ÉVENTAILS

166 — Éventail à monture de nacre peinte et dorée, feuille présentant plusieurs sujets : scène galante et paysages animés. Époque Louis XV.

167 — Éventail à monture de nacre dorée, sur la feuille : paysage, scène galante et trois enfants. Époque Louis XV.

168 — Éventail à monture d'ivoire peint et doré, feuille à trois sujets : scène galante et deux paysages. Époque Louis XV.

169 — Éventail à monture d'ivoire peint, feuille à réserves sur fond rose, avec imitations de rubans et de dentelles. Époque Louis XV.

170 — Éventail à monture de nacre dorée, sur la feuille : Danse de villageois. Époque Louis XV.

171 — Éventail à monture de nacre peinte et dorée, à personnages et animaux ; sur la feuille : le Triomphe d'Amphitrite. Époque Louis XV.

172 — Éventail à monture de nacre peinte, sur la feuille : la Collation dans la campagne. Époque Louis XV.

173 — Éventail à monture d'ivoire et nacre peints et dorés, feuille à sujet champêtre. Époque Louis XV.

174 — Éventail à monture de nacre ajourée, peinte et dorée, feuille à sujet tiré de l'Histoire d'Esther. Personnages au revers. Époque Louis XV.

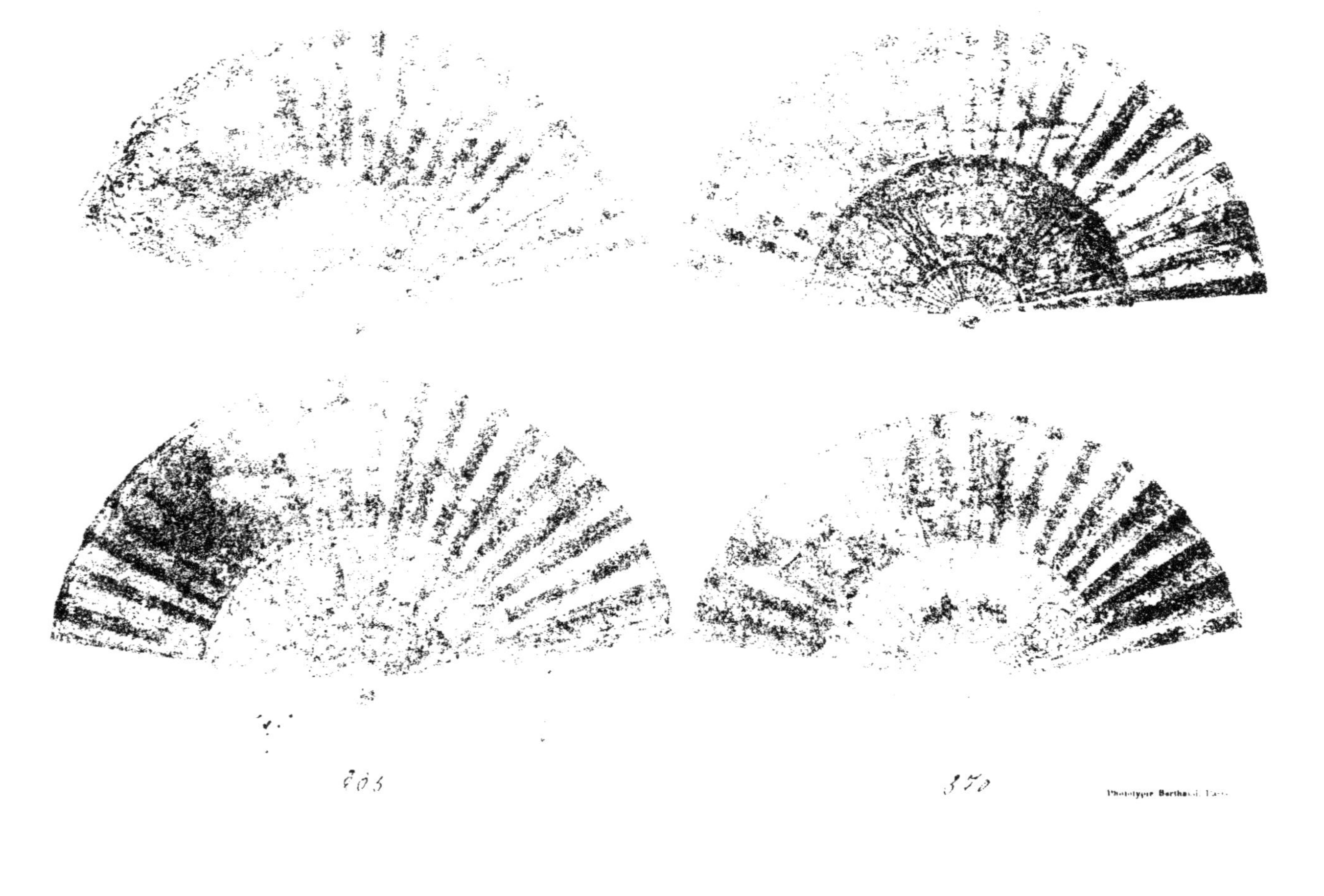
605
373
Phototypie Berthaud, Paris

167

166

171

173

Rose

3
Jac.

1

3,

80
Rosen

31

37
Anne

8
Sofet

167

166

171

173

174

175

176

177

740
Oppenheim

175 — Éventail à monture d'ivoire peint et bur-
gauté ; sur la feuille, trois compositions mytho-
logiques. Époque Louis XV.

1.300
Jacobsen

176 — Éventail à monture de nacre partiellement
dorée, à sujet de bergerie ; sur la feuille, le
Triomphe de Flore. Époque Louis XV.

210

177 — Éventail à monture d'ivoire et nacre peints,
feuille à sujet galant. Époque Louis XV.

185

178 — Éventail à monture d'écaille dorée; feuille à
sujet galant. Fin de l'époque Louis XV.

210

179 — Éventail à monture d'ivoire doré, feuille en
soie à sujet galant et à médaillon de fleurs.
Époque Louis XVI.

180

180 — Éventail à monture de nacre dorée; sur la
feuille, compartiment à trois personnages et
deux médaillons. Époque Louis XVI.

118

181 — Éventail à monture de nacre dorée; feuille
en soie avec paillettes ; médaillon à sujet champêtre imprimé sur satin. Époque Louis XVI.

152

182 — Éventail à monture d'ivoire doré; feuille en
soie peinte avec paillettes; attributs avec compartiment contenant une femme et fillette. Époque Louis XVI.

66

183 — Éventail à monture de corne dorée; sur la
feuille, vue de ruines. Fin du XVIIIᵉ siècle.

———————

OBJETS VARIÉS

184 — Petit verre à pied gravé.

185 — Deux verres à pieds gravés.

186 — Lanterne pliante en bois.

187 — Autre en nacre gravée.

188 — Autre en écaille.

189 — Boite ronde et coffret laqués rouge et or, du xviiie siècle.

190 — Statuette en marbre blanc du xviie siècle. Bacchant étendu.

191 — Petit buste d'enfant en marbre blanc. xviiie siècle.

192 — Deux appliques Louis XV, à deux lumières, en bronze.

193 — Pendule à mouvement porté par deux pilastres, marbres blanc, noir et bronzes, décorée de deux médaillons en biscuit. Époque Louis XVI.

194 — Pendule à cadran tournant en marbre blanc et bronze doré, simulant une rotonde abritant une figurine en biscuit. Époque Louis XVI.

195 — Pendule en bronze, décorée d'une figurine d'enfant bacchant. Commencement du xixe siècle.

196 — Petite pendule en bronze doré, décorée de trophées.

MEUBLES

175 197 — Encoignure à deux portes en bois de violette ; tablette de marbre brèche d'Alep. Époque Louis XV.

320 198 — Bureau à dos d'âne, surmonté d'un casier vitré ; dessus de marbre blanc. Époque Louis XVI.

660 *Séguet* 199 — Commode en bois de placage, garnie de bronzes ; dessus de marbre. Époque Louis XV.

200 — Secrétaire à abattant en bois de placage, dessus de marbre. Époque Louis XVI.

120 201 — Autre analogue, même époque.

335 202 — Autre analogue, même époque.

85 203 — Petite glace dans un cadre en bois doré, du temps de Louis XVI.

255 204 — Petite commode demi-lune en acajou, à deux tiroirs. Dessus de marbre blanc.

80 205 — Coffre en bois sculpté, à dessus d'ancienne tapisserie.

75 206 — Horloge à gaine en bois, du xviiie siècle.

335 207 — Fauteuil et deux chaises en bois sculpté, à fleurs et rocailles, couverts en velours frappé vert.

56 208 — Miroir ovale dans un cadre en bois sculpté et doré, surmonté d'une couronne de duc.

900

209-210 — Deux vitrines plates, sur tables-supports en acajou, à un tiroir. — Long., 85 cent.; larg., 57 cent.

872

211-212 — Deux vitrines plates, sur tables-supports en acajou à un tiroir. — Long., 88 cent.; larg., 59 cent.

505 et 480

213-214 — Deux vitrines en acajou, ouvrant à deux portes. Fonds de glaces.

80

215 — Vitrine en acajou, à trois portes vitrées et fond de glace. — Haut., 1 m. 98 cent.; larg., 1 m. 60 cent.

155

216 — Table en acajou, à un tiroir, piètement à entrelacs.

217 — Pupitre en bois de placage.

TAPISSERIES — TAPIS

600

218 — Tapisserie à personnages et verdure du xviiᵉ siècle. — Haut., 2 m. 30 cent.; larg., 2 m. 55 cent.

210

219 — Bandeau en tapisserie du xviiiᵉ siècle, fleurs, rubans et oiseaux sur fond gris. — Haut., 25 cent.; larg., 85 cent.

170

220 — Bande en tapisserie du xviiiᵉ siècle, à fleurs. — Long., 1 m. 80 cent.

900
Karaek.

221 — Tapisserie d'Aubusson du xviiiᵉ siècle, paysage et bordure simulant un cadre. — Haut., 2 m. 40 cent.; larg., 1 m. 85 cent.

815

222 — Tapisserie d'Aubusson du xviiiᵉ siècle : verdure avec oiseau et bordure. — Haut., 2 m. 45 cent.; larg., 1 m. 75 cent.

250

223 — Fragment d'ancienne tapisserie, verdure avec oiseaux et habitations.

224 — Grand tapis de la Savonnerie, à fleurs sur fond marron. Commencement du xixᵉ siècle.

RED. :

24

MIRE ISO N° 1
NF Z 43-007
AFNOR
Cedex 7 - 92080 PARIS-LA-DÉFENSE

graphicom
379 89 70

0 1 2 3 4 5 6 7 8 9 10

9 782329 278438